소중한

_____님께 드립니다.

ㄱ이 ㄴ에게

시인 김사윤 · 여섯번째 노래

그 누에게

문학공감 도서출판

고백합니다. 그동안 저를 아껴주고 믿어준 수많은 독자분들의 격려가 당연한 줄 알았음을 지면을 빌어서 고백하고 싶습니다. 어린 날에 쓴 글들을 이제 와서 다시 읽어보니, 부정하고 싶을 만큼 기운이 빠졌지요. 어쩌면 앞으로 글을 쓰는 것이 큰 두려움일 수도 있겠구나 싶은 공포가 엄습해와서 견딜 수가 없었습니다. 문득 외로워집니다. 혼자였구나. 제가 어쩌면 처음부터 외로워서 글을 쓰기 시작했을지도 모르겠구나 싶은 자괴감이 한동안 자신을 괴롭히기도 했습니다. 좀 더 겸손해지기로 합니다.

이십대 후반의 한 일본인 독자분이 제게 메일을 보내왔지요. 서울 소재의 대학원에서 한국어 공부를 하고 있는데, 도서관에서 우연히 시집 〈여자, 새벽걸음〉을 대출해서 읽었는데, 감동을 받았다고 감사하다는 내용이었습니다. 처음엔 그녀의 유창한 한국어 문장력에 놀랐지만, 더욱 놀라운

건 그녀의 삶이었습니다. 아직도 젊은 그녀는 스물하나에 결혼을 하고 다음 해 딸을 출산하고, 그다음 해 남편과 사별을 했다는 소식을 전하면서 이제 비로소 남편을 보내줄 용기가 생겼음을 전해 왔습니다. 메일을 읽는 내내 먹먹해지는 마음과, 제 글에 대해서 무책임했을지도 모를 제 마음이 엉켜 속이 상했지요.

저의 글이 누군가에게 위로가 되었으면 하는 바람이지만, 정작 그리되었을 거라는 생각을 해본 적이 없었습니다. 오히려 많은 작품, 그래요. 그야말로 저는 지나치게 많은 작품을 이미 발표를 해 버린 것에 대한 후회를 해본 적도 많았지요. 지금 이 시간에도, 또 무슨 할 말이 남아서 이렇게 책상 앞에서 미련을 떨고 있는지 한심하게 여겨지던 참입니다. 사람에 대한 미련은 포기할 수 없는, 포기해서는 안 되는 그 무엇이 아닐까 생각해 봅니다. 부지런하지 못한 성품 덕분에 오랜 시간 동안 발표한 작품이 몇 되지 않을 줄 알았습니다. 짧은 시간에 시집을 십수 권을 출간한 분들도 많이 계시고 이를 자랑삼아 주위 사람들에게 얘기하는 분들을 볼 때마다 저와는 무관함에도 괜히 얼굴을 붉힐 때가

ㄱ이 ㄴ에게

많은 걸 보니, 그리 많은 작품이 아니라고 자위해보지만, 정작 돌아보면 저도 그들과 크게 다르지 않은 걸 부끄럽게 여깁니다.

신문에 연재해 오던 칼럼에서, 일전에 소크라테스의 일화를 소개한 적이 있지요. 말을 할 때는 '지금 하려는 말이 사실인지, 이 말을 하면 듣는 이에게 해가 되지 않는지, 무엇보다도 꼭 필요한 말을 하려는지'를 스스로 생각해봐야 한다는 내용이었지요. 작품을 발표할 때마다, 원고를 수정하기가 힘이 드는 이유 중에 하나가 스스로 부끄러운 마음이 들기 때문입니다. 세세히 원고를 검토하고 그러다 보면 대부분의 작품들이 사장(死藏)되어 버릴 것이 빤하기 때문이지요. 이미 발표된 작품들을 일일이 수거하고 싶을 때가 잦은 건, 누군가의 지적이나 비평이 두려운 탓이 아니라, 저 스스로가 창피한 탓이 큽니다. 물론 이미 배포된 글들을 회수하는 것이 쉬운 일은 아니지만, 무엇보다 제일 큰 이유는 딱 한 가지뿐입니다. 단 한 분의 독자일지라도 그분의 가슴에 남겨지게 되면 저는 어떤 수를 부려도 다시 가져올 수 없습니다. 그래서 한 작품 한 작품을 마음을 다해 남기려는 다짐을 해봅니다만, 그럼에도 아쉬움이 남겠지요.

　누구나 그렇듯 저도 미운 사람이 있습니다. 그리 넓지 않은 이 땅에서 그 사람과 함께 호흡하고 살아간다는 것이 역겨울 때가 많습니다. 진실을 왜곡하고 다른 이에게 상처를 주는 것쯤은 아무렇지도 않게 여기는 사람들이 그런 사람들 중의 하나겠지요. 얼핏 떠오르는 얼굴이 한둘이 아닌 걸 보니, 제가 아직도 시인으로서 모두를 품기에는, 턱없이 부족하기만 한가 봅니다. 조금 우스운 건 그런 사람들이 오히려 본인을 '법 없이도 살아갈 만한' 도덕적인 사람으로 여기는 경우가 대부분이라는 거지요. 그들이 베푼 조그만 선심(?)들을 생색내기에 급급하고 정작 그들이 착취한 수많은 만행들은 잊고 살아갑니다. 이번에는 그런 분들에게 대놓고 양심을 일깨워주고 싶은 마음에서, 그들로부터 상처를 받은 이들에게 동병상련을 나누고 싶은 마음으로 엮었음을 고백합니다.

　오늘도 비가 내립니다. 빗줄기 사이로 생각나는 고맙고 그리운 얼굴들이 한둘이 아닙니다. 좁은 골목길을 함께 뛰

　　　　　　　　　　　그이 ㄴ에게

어울던 친구들부터, 낡은 백열등이 바람에 대롱거리는 위태함 속에서 불확실한 청춘에 대한 고민을 밤새 나누던 친구들의 얼굴, 그리고 또 떠오르는 얼굴, 얼굴들이 자꾸만 떠오릅니다. 이상한 일입니다. 그리우면 눈물이 납니다. 나쁜 일이 아닌데 자꾸만 눈물이 납니다. 어떻게 보면 이상할 것도 없는 일이지요. 그중에 이미 세상을 먼저 떠난 이들이 적지 않은 걸 보면 슬픈 일임에 분명하니까요.

시(詩)처럼 비가 내리는 저녁입니다. 독자 여러분들의 마음에도 비가 내리고, 시상(詩想)이 빗줄기처럼 내렸으면 하는 욕심을 부려보는 오늘입니다.

2018. 7. 31
진밭골에서
김 사 윤

차례

2부

3부

4부

벌써 네 번째 봄이 가려합니다.

세월이 그리도 쉬 가려 합니다.

아이들의 젖은 손, 그리고

젖은 마음까지 잡아주지 못하고

어느덧 또 하루가 젖어갑니다.

1부

길, 봄

내가 그대에게 가는 길은, 늘 그대가 내게 오는 길입니다.
갓 돋아난 날개 속에 숨겨둔 햇살을 털어내는 병아리처럼
거친 분노의 몸짓에도, 내게 머문 그대는 햇살입니다.

내가 그대에게 가는 길은, 그대로부터 멀어지는 길입니다.
그대가 한 걸음 다가올 때마다, 물새처럼 후다닥 달아납니다.
그대를 사랑할수록, 그대로부터 달아나는, 나는 바보입니다.

그대가 나에게 오는 길은, 그대를 잃어버리는 길입니다.
익숙하고 자연스러운 웃음도, 잃어버리고 걸어오는 길입니다.
낡고 왜소한 노를 저어, 긴 강을 건널 때처럼 위험한 길입니다.

그대와 내가 걸어가는 길은, 언제나 한 길입니다.
잡힐 듯 잡히지 않는 아지랑이처럼, 멀게만 느껴지다가도
무지개 되어, 서로에게 뿌리내리는 봄, 사랑입니다.

멸치, 늪

고추장은 늪이다.

그 늪에 멸치 대가리를 박아두고
피범벅이 된 녀석을 입에 털어 넣었다.
짭조름한 미련조차 남기지 않고
그 작은 사체의 이물질도 제하지 않고
씹어 버렸다.
늪에 빠뜨린 채
헤어 나올 꿈조차 버린 멸치를
두 번 세 번 능멸하고서야
그 붉은 늪에서 살아있음을
느껴워하는 나

고추장은 늪이다.

ㄱ이 ㄴ에게

그가 내게 말했다. 이 길로 가야한다고
나는 물었다. 왜 함께 가지 않는지
웃으며 그가 말했다. 바보가 아니거든
그에게 말했다. 바보 아닌 그에게 말했다
나도 바보는 되고 싶지 않다고 했다.
분명히 그리 말했다.

끝이 보이지 않는 길에 먼지가 흩날린다.
내게 그가 말했다. 그래도 가야 한다고
그리고 말했다. 멈출 수 없는 길이라고
그럴 줄 알았다. 여전히 그는 웃고 있었다.
그가 미워서, 그 자리에 우뚝 멈춰 섰다.
보이지 않던 길도 그대로 멈췄다.
먼지가 천천히 내려앉는다.

폭풍이 자못 거칠다. 그와 내가 마주섰다.
한 번도 서로에게, 다가선 적 없이 만났다.
바보가 아닌 그와, 웃지 않는 내가 만났다.
여전히 웃지 않았다. 그가 웃음을 멈추고
"거봐, 멈추지 말랬지"라고 말했다.
암말도 말아야지, 내가 먼저 돌아섰다.
아무 말도 안해야지. 안해야지.

그날, 또 다시

비상식의 폭정에 상식으로 맞선 광주 시민들을 기억한다.
그 해, 오월에 폭력배로 내몰린 파렴치를 기억한다.
또 이를 방관하던 몰염치를 기억한다.

이래저래, 많이 아픈 오늘, 잊을 수조차 없겠다.
둘러보니 나 말고도 등신 여럿이다.

참 부끄럽다.

ㄱ이 ㄴ에게

매미 1

울기도 전에 여름 온 줄 알더니
내 숨이 끊어져도 가을 온 줄 모르더라.
사람들은 그러하더라.

매미 2

숲, 잎들마다 맺힌 기억들이
이 가을의 무게를, 차마 못 견디고
길에서 다시 만난다.

지난여름, 몇 안 되는 매미가
수없이 보채고 울어댄 탓에, 결국
여기서 가을을 또 만난다.

ㄱ이 ㄴ에게

매미 3

우는 건가

처음 울어 대는 매미 떼, 낯설지 않은 그 울음
지난여름, 명(命)을 다한 수컷들을 기억한 감나무 잎들이 까
무러친다.
해마다 익숙한 맴. 맴. 매에엠.

며느리 발톱

'주책 맞구로 그래 넘어 졌겠노.'
어머니는 조각난 뼈 탓에 수술대에 누웠다.
넘어지느라 꽉 다문 입술에 피가 배인 채.

'올 필요가 없다카는데 머하러 왔노?'
그래. 괜히 왔다. 이럴까 오고 싶지 않았다.
혹여 누가 내게 알릴까 저어한 채 다문 입술.

'징글맞게 자랑하던 아들인가베. 할매 좋겠네.'
환자들이 아는 체를 한다. 바쁜 척 오지 말걸.
입술, 어머니의 그것은 고목 껍질마냥 건조하다.

ㄱ이 ㄴ에게

발톱, 갈라지고 갈라져 멋대로 자란 뼛조각들
새끼발톱에 봉숭아 빛 매니큐어를 발랐다만,
두 갈래다. 내 마음처럼 갈라진 며느리발톱이다.

이른 저녁, 식판에 놓인 찬조차 서글프다.
장조림, 아내의 성의조차 눈치였을까.
'요새 소고기가 마이 비쌀 낀데…….'
발톱 한 조각이 또 내 목에 걸린다.

절망, 재회

내일, 한때 내일이 오지 않았으면 하고, 기대한 적이 있었지.
오늘이 너무 행복해서 내일 그 행복이 깨질까 봐서가 아니라,
오늘보다 내일, 더 힘들고 지칠까 봐 두려웠지.

한 마디, 그대의 말에 등 돌리고 달아나는 못난 나를 부르는
어기적어기적 그 자리에 머무른 미련한 또 하나의 나는
내일을 부르는 오늘의 나는 참, 못난 거 잘 알지.

그대, 어제 그대는 이별을 말하고, 오늘 그대는 나를 부르고
내일 그대는, 어제보다 더 아픈 이별을 말할지도 모르지.
어쩌면 내일 이별은, 어제보다 더 아플지도 모르겠지.

ㄱ이 ㄴ에게

심로(心路)

해거름 산길을 걷는다.

몸이, 고된 내 몸이 마음에게 묻는다.
이 길을 그대로 걸어갈 것인지
뒤돌아 다시 돌아갈 것인지 묻는다.
멈추자니 온 길이 아쉽고
가자니, 갈 길이 멀기만 하다.
어차피 돌아갈 수 없는 길,
길 한가운데 서서 하늘을 본다.
희미한 달이 딴청을 부린다.
하아, 구름을 가르며 달이 간다.

마음만, 제 길을 따라 걷는다.

전설, 별을 보며

하늘로 들어설 수 있는 동화 속, 비밀의 문처럼 느껴졌지요.
커서 그 문으로 꼭 들어서리라 다짐했지요. 허나, 시간이 지
날수록 낮보다 밤하늘을 자꾸만 보게 되면서, 무지개는 잊
혀만 가고, 비밀의 문은 더 이상 내게 보이지 않았어요. 대
신 한낮의 무지개가 갈라지고 흩어져, 어둠 속에서 별이 되
어 빛나는 걸, 알게 된 것이 다행인걸까요.

사람을 만날 때도 무지개를 기대했지요.

여러 가지 빛으로 유혹하고, 마침내 더욱 더 아름답고 순수
한 영혼으로 함께 할 수 있으리라 기대해 보지만, 언제나 밤
하늘이었지요. 내게 남겨지는 건 실망 가득한 별빛, 그리고
달만큼 커다란 아픔만이 전부였지요. 그렇다고 무지개를 버
릴 수는 없지요.

쌍목(雙木)

바다를 닮은 소주병이 한 병, 두 병 쓰러질 때마다
잊혀 가는 얼굴들이 파도처럼 밀려온다.
맑은 소주 한 잔에 담긴 쓴 기억에 몸서리치며
마주한 이의 얼굴이 흔들리고, 탁! 소주잔을 엎을 때
녹아내리는 첫사랑, 그 사내의 기억이 아리다.

많이 힘들었을까. 그 사람도 나도 많이 힘들었을까.
살아 움직이는 영악한 몸짓들마다 혐오스럽던 그날들
비릿한 청춘의 가로등에 불이 켜지던 헐벗은 하루
현학(衒學)의 현(絃)을 타고 흐르던 가증스런 밤
그 밤의 귀퉁이에서 타령하는 두 사람의 노래, 비

양철 지붕을 두드리던 비, 소리마다 가벼운 장난
비틀대는 몸짓들이 흐느적대며 주정을 허(許)한다.
취객들의 고함소리마다 허공에 흩어지는 진실
한번 우길 때마다 잦아드는 기침소리, 마침내 먼저
일어나는 자만이 진실을 품고 문을 나선다.

어둠, 찬 새벽길

삼월 차가운 밤에, 산길을 걸었지요.
분노로 나선 그 길에서 만난 차가운 바람
등 떠밀어, 더 멀리 가라 이르더이다.

굽이마다 달이 숨는 산길을 걸었지요.
두려우매 흥얼대던 노래가 서럽기도 하던지
울컥, 불씨 삼키듯 넘어가더이다.

참, 자시(子時)를 걸어 쉬어가려 멈춰선 길에
마을 어딘가, 두어 마리 개가, 다투듯 짖어대니
쫓기듯 밤길을 재촉하게 되더이다.

스륵, 산기슭 풀숲에서 기척이 나 돌아보니
고라니 한 마리가 놀라 달아나더이다.
저도 놀라고 나도 놀라고

절개(節槪)

그랬습니다. 그대는 버릇처럼
내가 그대의 전부라고 그랬습니다.
아무렇게나 벗어둔 부끄러움도
지난 시간에 걸어두었습니다.

그랬습니다. 그대는 버릇처럼
나 없이 살 수는 없다 하였습니다.
그렁그렁한 눈물을 떨구며
그대는 나만을 바라보았습니다.

그랬습니다. 그랬습니다. 그녀는
내게 그런 그녀였습니다.

그렇습니다. 이별입니다.
그녀, 돌아보지 않는 그녀입니다.
그래야 합니다. 진작 이별입니다.
그녀만 바라보는 이별입니다.

세월, 네 번째 봄

벌써 네 번째 봄이 가려합니다.
세월이 그리도 쉬 가려 합니다.
아이들의 젖은 손, 그리고
젖은 마음까지 잡아주지 못하고
어느덧 또 하루가 젖어갑니다.

슬픔은 의혹의 바다입니다.
소용돌이치는 노도의 바다입니다.
범고래가 마른하늘을 유영하고
아이들의 노란 꿈도 젖어갑니다.
네 번째 봄이 젖어 갑니다.

ㄱ이 ㄴ에게

뭍으로 걸어 나온 진실의 선체
바다에서 몸을 뒤틀며 살아있던 선체
차갑게 굳어버린 선실에는
아무도 없습니다.
아이를 버린 선장도, 선장을 믿은
아이들도 그 자리에 없습니다.

목련이 다 지려합니다.

승천(昇天)

구슬, 어릴 적엔 구슬이 용의 눈깔을 빼놓은 것 같다는 생
각을 자주했지요. 무엇이 그런 생각을 갖게 했는지는 기억이
안 나지만, 붉게 휘말린 선과 푸른 선이 엉킨, 구슬 안을 들
여다보면 영락없이 꿈틀대는, 용 한 마리.

구슬 따먹기에는 관심도 없었지요. 여기저기 비늘이 뜯긴 많
은 구슬이 필요하지 않았으니까요.

동네 너른 마당, 한편에선 생선들을 품었을, 비린 나무 상자
들이 늘 쌓여있고, 어른들은 땔감으로 늘 그것들을 부수어
불을 지폈지요. 폐유 드럼통이 열기에 녹아 찌그러져 가면,
꼬맹이들은 숯을 끄집어내서 통조림 깡통 여기저기 숨통을
뚫고, 별들을 가두어 빙글빙글, 가끔, 여기저기 떨어져 빛을
잃어가는 별.

ㄱ이 ㄴ에게

구슬을 통해 바라보는 세상은, 지금까지 어지럽게 돌아가는 별들과 비린내 나는 연기로 흐리기만 하지요. 누군가는 열심히 불을 지피고, 누군가는 그 불이 잦아지길 기다렸다가, 작은 깡통을 빙글빙글 돌리다가, 불씨들을 놓쳐 버리는 세상.

구슬을 놓쳐 버렸습니다. 또르르 구르다 멈춰선 구슬. 불꽃을 가르고 비린 용 한 마리 하늘로 오르려나봅니다.

회귀본능

터무니없는 이별에도 아프다.
어쩌면 터무니없는 이별은 없다.
아마 이해할 수 없는 이별을
그리 알고 있었나 보다.

아무것도 아닌 일로 떠난 그가
아무것도 아닌 핑계를 대고
내게로 돌아오던 날에도
비가, 또 비가 내렸다.

ㄱ이 ㄴ에게

뭍, 나비

오늘, 아이들이 뭍으로, 이제 그만 진실과 함께 걸어 나오길 간절히 빌어봅니다. 나비가 되어, 희망의 꽃가루 노랗게 뿌리 며 돌아오기를 기도합니다.

차갑고 어두운 심해에 가라앉은 넋. 이제는 쉴 수 있도록 세 월을 제대로 길어 올리고, 깊은 그곳을 박차고, 뭍으로 날아 오르길 간절히 기도합니다.

파도, 오늘만큼은 침묵하여라. 부디 그리하여라.

소주, 별

소주가 소주를 부르고
너를 부르고 부르다 애써
나를 부른다.

소주가 들어앉은 네게
만류하는 이들은 적이다.
나도 적이다.

소주는 말이 없다. 허나
그것이 가득 찬 너는
이기적이다.

소주는 귀를 멀게 하고
부르짖고 울부짖다가
지치게 한다.

38

소주는, 오늘의 소주는
여태 그래왔던 것처럼
무책임하다.

소주잔에, 언제부턴가
널 그리 만든 후부터
별조차 없다.

서로가 전부입니다

서로가 전부입니다

바라보는 곳이 서로 다르다고 해서
서로가 다른 곳을 바라본다고 해서
헤어져 있는 시간이 아니랍니다.

서로가 전부입니다

한 치 앞도 볼 수 없는 안개에 싸여
그대 얼굴조차 마주 볼 수 없다고 해서
잊힌 시간이 아니랍니다.

그이 ㄴ에게

서로가 전부입니다

그대 지나간 길에 그림자 되짚으며
홀연 사라진 기억에 슬퍼진다고 해서
모두 지워진 건 아니랍니다.

서로가 전부입니다

잊으려 애쓰는 공간의 무심함 속에
여유로운 회상의 휘파람 소리가 들려도
그대가 떠난 건 아니랍니다.

문행(文行)

비우러, 혹은 채우러 떠납니다.

글을 쓰러, 혹은 지우러 가는 길
누구도 알아주지 않는 여행
비운다 한들 얼마나 비울 것이며,
채운들 무엇을 채울 수 있을까만
아무튼, 떠나 보려 합니다.

늘 돌아올 자신은 없습니다만.

ㄱ이 ㄴ에게

종이배

꿈을 꾸었지. 종이배가 되어 흘러가는 꿈, 잔물결에 이리 혹
은, 저리 흔들리며 떠내려가는 종이배, 기울어진 곳에서, 더
기울어진 곳으로 흘러가는 꿈을 꾸었지.

바위에 부딪힐 때마다, 빙그르르 돌다 앞뒤 없이 흘러가는,
종이배가 된 나는 풀숲 어딘가에 갇힌 채 깨어나길, 이 빌어
먹을 꿈에서 깨어나길, 원했을까.

꿈을 꾸었지. 하늘을 나는 종이배, 훨 훠얼 높은 곳에서, 더
높은 곳으로 날아올라 구름을 찢고 솟구치는, 태풍이 몰아
쳐도 날아오르는, 종이배가 되는 꿈을 꾸었지.

바람이 불면 비를 기다리고

비가 내리면 바람을 기다린다.

으레 그렇다.

2부

갓 스물 그대들에게

그대들에게 이르노니, 부디 사랑하여라.
온 마음에 염산을 뿌려 심장이 타들어 가는 인내(忍耐)
사랑은, 두 개의 심장이 하나 되는 의식임을
부디 잊지 말고 사랑하여라.

신들의 동산에는 사랑이 없다. 거짓말이다.
그들이 떠난 세상에, 남은 것은 인간의 사랑뿐이다.
시기와 질투는 사랑의 다른 이름이 될 수 없다.
사랑 그대로를 사랑하여라.

사랑, 제발 사랑을 원한다면 사랑만 하여라.
사랑이라면 악마의 유혹에도 굴할 이유가 없다.
어떤 이유로도, 사랑은 흔들릴 까닭이 없다.
사랑한다면 부디 믿어라.

바람에 깃들다

언덕에 서 보았지요.
더 이상 오를 곳 없는 언덕에서 보았지요.
함께 오른 바람이, 하늘로 오르는 걸 보았지요.
보고야 말았지요. 더 오를 수 있는 바람을
멍하니 올려다보았지요.

더 오를 수 없었지요.
한 걸음도 오를 수 없는 언덕에서
사라진 바람이 야속해서 울고 말았지요.
바보처럼 울고야 말았지요.

더 오를 곳도 없는 언덕
하늘 오른 바람이 내려와 머무는 얼굴
바람이 돌아와 눈물을 닦아줍니다.
바람은 나와 다르지 않았지요.

공방(攻防)

당신들이 이상하다.
진실을 말하는데, 진실을 말해 보라고 거짓말을 기다린다.

나는 거짓을 원하지 않는데, 거짓을 진실처럼 말하란다.
정말 당신들이 이상하다.

오래된 거짓말은 식상하다.
지칠 만도 한데, 듣고 싶은 거짓말을 또 해보란다.

아무렇지도 않다고, 나도 괜찮아 질 테니
자꾸만, 자꾸만 거짓말을 하라고 나를 다그친다.

오늘도 웃으면서 이야기한다.
정말 당신들이 무섭고 두려워서, 죽고 싶다고
믿어달라고, 나는 참말로 이야기 한다.

ㄱ이 ㄴ에게

밤길

산을 넘어가는 길,
어둑해진 저 산을 넘어서는 길
그대에게서 멀어지는 길,
아득해질 저 산길

밤 짐승들이
그리움 내치는, 울음소리 배인 길
그대에게로, 나에게로
한 길로 통하는, 외로운 밤길
별빛 밟고 나서는 차가운 길

나 홀로 넘어가는 길

국밥, 오늘도

낡은 유리창, 서린 김에 이끌려 들어선 국밥집
뭔가 따스한 것이 그리웠던 걸까
돼지 누린내 앞에서 멈칫하다 자리에 앉는다.
의자를 끌어당기기도 전에, 차림표를 보기도 전에
기염을 토하며 앞에 놓인 국밥, 뜨거운 국밥
마늘, 새우젓, 청양고추, 다진 양념들
그 뜨거운 동지애가 함께 놓인다.

옆자리 중년 사내 하나가 소주를 부른다.
소주를 부르는데, 할매가 소주 대신 대답하고
"그만 처먹어라카이! 그칸다꼬 돌아오나!"
소주 대신 욕지거리를 던진다. 국밥이 식어 간다.
고개 숙인 사내의 눈에서 소주가 뚝뚝 떨어진다.
그야말로 못나 보인다. 나도 못나 보인다.
눈이 마주칠까 봐 밥을 모두 말았다.

ㄱ이 ㄴ에게

국밥을 싫어한다. 돼지국밥은 더 싫어한다.
육수를 유영하는 정체 모를 부위들의 부대낌도
도무지 가늠하기 힘든 간을 맞추는 난해함도
다 싫다. 뚝배기의 품을 벗어나지 못한 시어들
어제처럼 비릿한 돼지국밥을 마주한 오늘
비루한 내 삶의 투영처럼 반을 남겨두고
돌아서는 원조 할매, 돼지국밥집

국물, 아버지

사내가 있습니다. 그것도 못난,
국물을 한 숟가락도 못 먹는 사내
어디서고 그는 혼자입니다.
사람들의 의문이 성가신 사내,
그에게 아버지가 있습니다.
취할 때마다 밥상을 엎는 아버지
더 못난 아버지가 있습니다.
뜨거운 국물이 쏟길 때마다
어린 사내의 여린 허벅지와 손에 흉터
그보다 가슴에 남긴 화상

아버지, 부름만으로 소름,
그에게만은 뜨거운 이름, 아버지
어머니의 눈물, 애써 외면하던 눈물
그녀에게 화상을 들키지 않으려고
뛰어나가 바라보던 석양, 붉은, 뜨거운
하늘 가장자리에 번지던 화상(火傷)

따라 나온 삽살이의 붉은 혀
어둠이 내리면 저기 서 계신 그녀,
어머니, 아, 어머니

사랑하는 이를 만났습니다.
비조차 맞을 수 없었던 사내,
그의 뜨거운 하늘 아래에서
그만을 사랑하는 그녀를 만났습니다.
더 이상 두렵지 않은 하늘, 아름다운
그 하늘 아래 이제는 늙고 병든 아버지
사내의 이름을 부르는 것만으로도
떨렸던 아버지, 늘 그 곁에 여린 어머니
오늘은 그 못난 사내와 그녀가
갈비탕을 함께 할 참입니다.
그녀로 인해서, 그는 뜨거운 국물
한 방울도 남기고 싶지 않습니다.
그녀를 사랑합니다.

혈연(血戀)

내 푸른 혈관을 타고 그대가 흐릅니다.
성급하고 때로는 느긋하게 흘러갑니다.
질긴 악연의 송곳니에 물린 핏줄이 터져
그대가 그리도 붉게 뿌려져도
어느새 내 심장에 다시 고이는 그대는
천생 나의 사랑입니다.

처음 그대는 한발 앞에 서 있었지요.
다른 날 그대는 내 머리에 머물고
또 다른 날 내 머리를 떠나지 않더니
마침내 그대는 불쑥 핏줄기가 되어
내 가슴에 내리기 시작했지요.
잠시 박동을 멈추고 아득하던 때,
그때에도 그대는 떠나지 않았음에
그대를 사랑하기로 합니다.

ㄱ이 ㄴ에게

바람, 비바람

부는가. 너, 바람이 불어오는가.
그 바람에 비가 내린다.

비, 내리고 마는가. 바람을 안고
비마저 내리고 마는가.

분노의 바람은 늘 비보다 먼저
내려와 서툰 폭정을 한다.

바람보다 비를, 비보다 바람을
기다리는 이는 세상에 없다.

바람이 불면 비를 기다리고
비가 내리면 바람을 기다린다.
으레 그렇다.

부엉, 부엉
-바보 노무현을 추모하며-

그가 그립다.
정의로웠건 아니건 '인간적인 그가 그립다.

미운 놈 미워할 줄 아는, 뒤끝 있는 그도 그립고
억지를 견디지 못하는 자유, 그래. 자유
무엇보다도 자유를 그리던 그가 너무나 그립다.

새처럼 날지도 못할 거면서 뛰어내린 그가,
운명처럼 날아오른, 그의 품이 그립고 또 그립다.
비가, 오늘처럼 비가 많이 내리면 그가 더 그립다.

그를 닮은 우리가 그립고, 우리를 닮은 그도 그립다.
과장되지 않은 그의 웃음이 그립다.
너무 그립고, 미워서 욕 한마디 하고 싶다. 바보.

ㄱ이 ㄴ에게

안부, 눈

어느 겨울 새벽, 폭설로 얼어붙은 도로 위에서 두 눈을 뻔히
뜬 채로 주차되어 있는 차와 부딪힌 적이 있었다. 갑작스럽
지 않다고 해서, 두렵지 않은 건 아니었다.

통제가 되지 않는다는 건 두렵고도 황당한 일이다. 그 후로
겨울이 되면, 오늘의 날씨가 궁금해졌다. 더 솔직하게 얘기
하자면 눈의 안부가 궁금했다.

며칠 전, 내심 그립던 눈이 모처럼 사고 난 도로 위로 내렸다.
새벽이었고, 텅 빈 거리였으며 내 차는 내 뜻대로 움직여 주
었으며, 무엇보다도 멈추어야 할 때, 멈출 수 있었다.

그리고 바라보는 하얀 눈은 더욱 더 아름다웠다.

한잔, 이별 후

차라리 잘된 거야.
거봐, 별거 아니잖아?
이별이라는거, 말처럼 쉬워
솔직히 처음도 아니잖아.
소주 없네. 더 마실 거지?

"여기, 소주 한 병요!"

뭐가? 전화 올지 모른다고?
헤어졌다며? 미친년, 뭘 기다려.
어차피 다시 안와.
왜 울어? 너 잘못한 거 없어.
그 인간이 예민한 거지.

"소주 달라니깐요!"

ㄱ이 ㄴ에게

그런 인간이 더 피곤해.
다른 남자 만날 수도 있지.
뭘, 한 것도 아니잖아?
그 인간 볼 거 뭐 있다고.
근데, 그 남자는 어때?

"아, 맥주 말고 소주요"

알잖아? 이왕이면, 가진 거 만나.
자존심 빼고 다 가진 남자
그 인간은 자존심밖에 없잖아?
비까지 오네. 폰 좀 그만 봐.
내일 약속 늦지 말고 나와

"비 많이 오네. 가자."

불청객

현란하다. 불빛도, 사람도 어지럽다.
세상은 늘 이리도 어지러웠을지도 모른다.
자웅(雌雄), 한데 뒤엉켜 너부러진 공간에서
순수를 꿈꾸는 이는 바보다.

스스로 갇히길 원하는 이와 그런 이를
가두어 두는데 익숙한 이들이, 거래를 한다.
익숙한 그들만의 언어가 나를 등진 채
손가락질을 한다. 웃는다.

부서져라. 이들의 야유와 비속의 텃밭
일구고 가꿀수록 탐욕의 열매가 튼실하다.
무지해서 비굴한 이의 등을 두드리며
격려를 한다. 으스러지는 등.

일상의 이별

그런가 보다. 어쩌면 처음부터 그랬나 보다.
사소한 거짓말조차 용서할 수 없는 남자, 그리고
거짓말은 사소하니, 용서될 수 있다고 믿는 여자
그 둘의 만남은 처음부터 사소했다.

비가 내렸던가. 눈부신 기억이 스치는 걸 보면
아무래도 여우비였을지도 모르겠다.
그날도 사소한 남자와 사소한 여자는 만났다.
사소한 밥을 먹고 사소한 커피를 마셨으며, 또
사소하게 이별을 했다.

비가 내린다. 오늘은 줄곧 비만 내린다.
나뭇잎이 비에 젖었으며, 가로등도 젖었으며
무엇보다 사소한, 남자도 비에 젖는다.
여자는 사소한 남자를 어렵사리 지우기 위해
사소한 소주를 밤새, 마신다.

비, 1073

맹수처럼 사나운 섬, 맹골도
거친 바다 섬 거차도
그 물길에 부식된 세월이 떠오르네.
산화 붉은 세월이 떠올랐네.

비가 내리네. 바다에서 하늘로
땅에서 하늘로 오르지 못했던 비가
이제야 눈물 되어 비가 내리네.
산 자의 품에서도 비가 내리네.

ㄱ이 ㄴ에게

맹골수도는 언제나 밤하늘
수백의 별을 건지고도 남은, 아홉 별
힘내어 불 밝혀 찾을 수 있으려나.
찾아낼 수 있으려나.

어찌해야 할까. 이제 우리는
두 눈으로 별이 지던 그 날을 지켜보던
우리는 어찌할까. 어찌해야 할까.
이제 어찌해야 할까.

인도블록

오밀조밀 닮은 것들끼리 이를 맞추고,
반듯반듯 길을 잘도 만들어 낸다.

블록을 들어내면 지렁이가 산다.
사츰을 비집고 숨을 쉬며 살아낸다.

나는 오늘도
저 길을 피해서 비뚤비뚤 흙길을 걷는다.

ㄱ이 ㄴ에게

자아(自我)

그대와 헤어진, 빈 하늘에 보름달
내게도, 그대에게도 똑같은 둥근달이 떴다.

그대에게 가는 길은, 나와 헤어지는 길
내게로 오는 길은, 그대를 보내는 길
그대와 나는, 달도 별도 아니지.

그대와 내가 달처럼 둥글 수만 있다면,
하나 될 수 있었을 텐데,
달이 되면 좋겠다. 그랬으면 참, 좋겠다.

적폐일소(積弊一掃)

생선대가리가 썩어들어가는 냄새만큼은 못 견디겠다. 가시들이 지느러미처럼 흐물흐물 춤을 춘다. 뭐든 대가리가 문제다. 조기는 대가리가 반이다. 아둔해 보이는 대가리에 어눌한 눈깔 두 개도 서글픈데, 투박한 주둥이도 미련해 보인다. 비늘, 그래 조기의 값은 보석처럼 반짝이는 저 비늘에 있다. 저 대가리에 박힌 저 눈알, 쩍 벌어진 아가미를 감싸고 있는 투구와 갑옷이 조기의 전부다.

며칠이나 지났을까. 꿈을 꾼다. 이리저리 떼로 몰려다니는 고등어가 꿈을 꾼다. 햇살에 반짝이는 은빛 비늘을 주렁주렁 매달고 바다를 가르는 꿈을 꾼다. 꿈에서 깨어나면 배를 가르는 생선가게 주인의 재바른 손이 쓰레기통으로 그의 장기들을 던진다. 매일 반복되는 꿈은 지치지도 않는다. 어둠이 내린 후 차갑고 비린 공간에 푸른 인광(燐光)이 유성처럼 빛났다가 사라진다.

ㄱ이 ㄴ에게

값비싼 조기들은 역시 대가리가 반이다. 사자마자 빛 좋은 비늘부터 처내는 게 순서겠지. 아까워서 대가리를 후벼 파보지만, 역시 먹을 건 그다지 없다. 대가리가 반이니까 그렇다. 우리는 바다와 하늘이 사랑해서 그들의 빛을 새겨 넣은, 등 푸른 고등어다. 하늘을 헤엄치고 바다를 날아다니는, 꿈 푸른 고등어다. 배를 가르고 또 갈라도, 또 배를 내밀줄 아는 고등어는 슬프지 않다.

애소리*

어미가 쉴 수 없는 둥지, 푸르르 날개를 털고 날아오른다.
볏짚 한 가닥, 잔가지 하나라도 더한 덕에 실한 둥지는
뱀 대가리 하나 비집고 들어올 틈이 없다.
날갯짓, 어미가 품은 바람소리에도 아가리를 벌리는 것들
둥지 안에는 온통 붉게 벌린 주둥이들이 분답기만 하다.

시린 논물에 발을 담그고 몇 번의 수작 끝에 부리에 문 지렁이
농부가 겨냥한 돌팔매가 빗나가 다리가 부러진 어미가 날아
오른다.
다리 하나쯤은 내놓을 수 있다. 어미의 날개는 절룩이지 않
는다.
둥지로 날아간다. 벌써부터 아가리를 벌리고 있을 둥지로 간다.
먹잇감이 꿈틀댈 때마다 어미는 부리를 꽉 다문다.

---

* 날짐승의 어린 새끼를 일컫는 순 우리말

ㄱ이 ㄴ에게

둥지가 기울어질까 쉴 없이 타다닥 날개를 파닥이는 어미
먹이가 떨어진 줄도 모르고 여태 벌린 아가리가 셋
어미가 닿은 둥지 가장자리에 핏물이 배였다. 또 날아오른다.
이번에는 목숨을 내놓아야 할지도 모른다.
보다 큰 돌멩이를 맞을지도 모른다.

다시 돌아가고 싶다. 어미도 두렵다. 둥지에서 쉬고 싶다.
돌아갈 수 없다. 어미는 돌아갈 수 없다. 둥지에서 쉴 수 없다.
날아가야 한다. 돌아올 수 없는 길이어도 날아가야만 한다.
지는 노을은 애소리들의 주둥이처럼 붉게 타오르는데
탕! 탕! 탕!
둥지로 돌아갈 어미가 또 하나 꺼져가는 소리.

화해, 되풀이

오늘은 슬픈 날이었음을 기억한다.

날씨가 너무 추워서 슬펐으며, 어울리지 않는 공간에서 머문 것이 슬펐으며, 못난 사내로부터 비겁과 비굴한 사과를 받아서 슬펐고, 무엇보다도 단 하나, 그들과 이 시대를 함께 살아간다는 것이 슬펐고, 어쩌면 나도 그들을 닮아갈까 슬프고 또 슬펐다.

그 못난 사내들이, 무릎을 꿇고 용서를 구했지. 너무 추운 날씨 때문에 실없이 용서라는 것을 했다. 그들은 변하지 않을 걸 알면서도 말이지.

두렵다. 내일이, 못난 오늘과 닮아 있을까봐.

ㄱ이 ㄴ에게

바람이 지나간다. 지나간다. 또 지나간다.

비가 내린다. 어제처럼 비가 내린다.

그래야만 한다.

꽃이 지는 것은, 피어나기 위한 것임을

기억해야만 한다.

3부

벽, 자해

차라리 아무 말도 마세요.
그리해도 나아질 건 없겠지만
거짓말은 더 기분이 나쁘니까요.

당신은 거짓말쟁이랍니다.
저만 사랑한다고 거짓말을 하지요.
당신은 저도 사랑해줄 뿐이지요.

당신이 저를 잊고 지낼 때마다
당신을 잊은 척하고 지냈겠지요.
우리 둘은 가끔 서로를 잊고 살지요.

차라리 아무 말도 마세요.
거짓말로 벽은 높아만 가니까요.
잦은 거짓말로 이별을 넘나들지요.

ㄱ이 ㄴ에게

지나가는 비

또 비가 내립니다.

비를 피해 소나무 아래로 숨었더니
빗방울을 품은 솔방울이 떨어집니다.
그리고
발아래 동그란
파문(波紋), 파문(破文), 파문(破門)

맴돌다 부서지는 동그라미 위로
분신한 담배꽁초를 띄웠습니다. 또 다시
일렁이는 파문(波紋).

증표(證票)

비가 내린 탓일까요. 오늘, 그대가 그리웠지요.
단지 비가 내린 이유로 그리웠던 그대는 이미
나에게 더 이상 그대가 아니었지요.
메마른 땅, 이미 비는 그친 채, 별조차 없는 새벽
그 푸른 새벽 계단에는 상처,
낡은 슬리퍼 하나 나뒹구는 새벽입니다.
이미 마음이 떠난 줄도 모르고, 한참을
그곳에서 기다렸지요.

시를 쓰는 이에게 시는 전부겠지요. 아마도
버려질 시를 품에 안고 나선 길에 소리, 외침
덧없이 찾아들던 분서갱유(焚書坑儒)의 공포
다시 빗방울, 슬프고 아픈 계단을 오르며, 똑똑
창밖으로 보이는 처연한 거리에 정적, 똑똑
눈물마저 보이지 않나 봅니다. 두드리다 기댄 채
가엾은 저의 시어(詩語)들에 말을 건네며, 안녕

그이 ㄴ에게

대개 저만의 상처라 여기겠지요.

내가 준 상처는 그럴 수밖에 없는 방어(防禦), 주(主)

내가 받은 상처는 그럴 수 없는 수모(受侮), 객(客)

누구의 상처가 더 큰지도 모른 채 언쟁(言爭), 전(顚)

하늘이 허락한 전도(傳道)를 넘어선 투구(鬪狗), 도(倒)

흔들리지 않는 사랑은, 세상 어디에도 없음을 알면서도

그럼에도 흔들리는 내 사랑은, 아프기만 합니다.

서로가 증표를 남기고야 말았습니다.

그대는 나에게서 받은 한 줄 기다란 붉은 상처를

나는 세상 단 하나, 붉은 심장을 찢어버린 시, 한 수를

돌아오는 길에 바라본 하늘이 무겁게 말을 겁니다.

괜찮은지, 정말 아무렇지도 않은지 말을 건넵니다.

호수에 담긴 별을 기억합니다. 끝내 잊힐 별이지만요.

나무들마다 가로등 하나씩 안고, 두근대는 새벽입니다.

한반도, 평화의 휘몰이
-2018.4.27.남북 정상회담에 부쳐-

잠을 설쳤다. 아니 한숨도 못 잤다.

밤새 내일의 설렘과 기대는 파렴치했다만,

미안하게도 잠시도 눈을 감을 수 없었다.

궁지에 몰린 북의 겨레를 여태 외면했으면서,

아무 것도 해줄 수 없었으면서

잠을 이루지 못하고 뒤척이면서도

내일, 내일만 기다렸다.

문과 김이 두 손을 잡고 선을 넘을 때

우리도 함께 경계석을 넘으며 눈물 흘렸고,

김이 떠날 때 손을 흔들며 인사할 때도

언제 다시 볼 건지 보채다가 설핏 웃었던가.

그래, 내가 가면 되지. 넘어가면 되지

순식간에 넘나든 김과 문처럼 나도 훌쩍,

넘어서 가면 되지. 그래. 가자.

ㄱㅇ ㄴ에게

가을은 멀다. 내일도 봄이고, 모레도 봄이다.
여름은 오겠지. 길어도 가긴 하겠지.
가을도 오겠지. 멀지만 가을이 오긴 하겠지
기다리면 되는데, 기다림이 성가신 나날이겠지.
북으로 남으로 넘나드는 우리에겐 자유보다
하나였던 기억이 더 간절하다.
퍽이나 외로웠을 남과 북은 하나여야 한다.

허물

내가 빠져 나온 건지

네가 빠져 나간 건지

남겨진, 텅 빈 이름

ㄱ이 ㄴ에게

이런, 시발(詩發)

나에게 꿈은 언제나 이룰 수 없는 어떤 것이었어.
누군가 물어보면 대답할 준비가 되어 있는 어떤 것들
늘 여러 개를 준비해 두어야 하는 꿈들
그 어떤 꿈도 내가 꿔본 적도 없는 꿈이었지.

어른들이 물어보는 꿈은 선다형(選多型)이었고,
그 안에 내 꿈은 있을 리가 만무했던 숨겨진 꿈
내 소중한 꿈은 도토리처럼 소용되지 못한 그것처럼
딱딱한 껍질 속에서 말라 비틀어져만 갔지.

점액질처럼 끈적이는 삶의 타액에 불어터진 도토리
떼굴떼굴 구르다 부딪혀 시간의 침에 부서진 채
좁쌀만큼 남은 미련을 드러낸 채 던져진 꿈
이제, 버릴 수도, 키울 수도 없이 기다리는 시(詩)

사소한 이별

가야 할 사람은 가고야 맙니다.
당신이 가지 말라고 부여잡아도
기어이 떨치고 갈 사람은
가고야 맙니다.

가야 할 사람을 막아선다고 해서
돌아올 일이라면, 이 세상 어디에도
이별은 없겠지요.
갈 사람은 가고야 맙니다.

ㄱ이 ㄴ에게

당신을 사랑합니다.
그녀는 당신을 사랑하지만, 기어이
떠나고야 말 사람입니다.
가야 할 사랑입니다.

당신은 그녀만을 사랑했지만, 그녀는
당신도 사랑했을 뿐이니까요.
너무 슬퍼하지 마세요.
사소한 일이니까요.

우산, 비밀

비, 대개 비를 피하려 우산을 듭니다. 차갑고 낯선 비를 맞고 싶지 않아서 우리는 우산을 듭니다. 자기의 얼굴을 가리기 위해 드는 우산은 부끄러움입니다. 사내 하나가 제 앞에서 얼굴을 가립니다.
부끄러웠나 봅니다. 그러지 말지.

여자, 비를 맞고 싶지 않은 여자가 우산을 듭니다. 술에 취해 비틀거리며 걸어갑니다. 집에 가려나 봅니다. 비 내린 도로는 바다입니다. 드문드문 크고 작은 차들이 고깃배처럼 물살을 가르고 지나갑니다.

84

저와 마주친 사내가 여자에게 말을 겁니다. 두 사람이 쪽배 하나 함께 타고 지나갑니다. 비 내리는 하늘을 바라봅니다. 온통 먹구름이 가득한 하늘이, 그들의 급한 인연에 억센 빗줄기로 투덜댑니다. 그래도 그들처럼, 쪽배는 여럿 지나갑니다.

부끄러운 새벽입니다. 사내와 여자의 그 짧은 수작질을 지켜본 이유만으로 참으로 부끄러운 새벽, 빗길입니다. 그들이 가르고 지나간 물살이 다시 바다가 될 때까지 지켜보다, 저도 모르게 우산을 접고 말았습니다.

음주면허

오늘 영문도 모르고 멱살을 잡혔다. 눈이 마주쳤었나.
술은 마실 줄 아는 이들만 마셨으면 좋겠다.
면허를 가진 이들만, 술을 마실 수 있는 거지.
인격이 변형되는 이들은, 술을 못 마시게 하는 거야.
재미있겠지? 운전면허처럼 말이지.

음주 후 범법행위까지 정상을 참작하는 건 웃기잖아?
주취감형? 개소리잖아? 다 알면서 왜 그래?
음주가 벼슬이야? 대한민국 어찌 이리 관대하누.
특히 술 마시면 발정 나는 수컷들, 조심해라.
모두가 관대하지는 않으니 말이지.

적어도 짐승보다는 나아야 사람이지.

ㄱ이 ㄴ에게

유성(流星)

분노에 찬 돌멩이 하나가 산속으로 떨어졌다.
별이라고 불러야지. 별이라고 믿어야지
뜨거운 심장을 안은 어둠의 산이 잠시 붉었던가

별 하나를 잃은 하늘이 나를 내려다본다.
그대를 잃은 나는 하늘을 올려다보며 운다.
남은 별들이 남은 그리움을 위로하며 빛났던가

그대를 사랑하는 마음이 하늘에 있을 때
나를 사랑하는 그대의 마음은 땅에 있었다.
하늘을 잃은 돌멩이와 땅을 잃은 내가 또 운다.

비둘기, 날 수없는

깃 빠진 비둘기 두 마리가 대가리를 주억거리며 다가온다.
뭐, 상관없는 일이다. 줄 게 없으니, 모른 체 할 참이다. 눈치
빠른 한 놈이 푸드덕 나는가 싶더니 퍽, 맥없이 추락한다.

"씨발, 닭둘기* 아니랄까 봐 날지를 못하노! 재수 없게!"
오토바이를 일으켜 세우는 그의 상스런 입을 쪼고 싶다.

도로 위를 성가시게 폭주하던 그가, 날아 보겠다는 녀석을
짓이겨 놓고 재수 없다니, 사정없이 날아가, 그의 입을 쪼아
비틀어 버릴 작정이다.

---

* 닭과 비둘기의 합성어. 자생력 떨어진 비둘기를 일컫는 말.

ㄱ이 ㄴ에게

톡. 톡. 토독. 톡

모스 기호처럼 내 구두를 쪼던 재수 좋은 비둘기 한 마리다.
내가 날아 오를까 봐 연신 쪼아댄다. 툭 톡 빗방울이 떨어진
다. 목젖이 뜨겁다.

그래, 오늘만 날지 말자. 언젠가 날아보자. 잊지 말고 날아
서, 저 녀석 입을 쪼아 버리자. 대신 오늘만 파지처럼 맥없이
젖어 버리자.

사과라고는

또 머리를 쥐어박고 말았습니다.
원, 이리도 답답할 수가 있을는지,
미안하다고 얘기하고 싶었습니다만
못나 보일까봐, 미안하단 말 대신
오히려 나무라고 말았습니다.

어제, 몇 번이고 다짐했던 말
미안합니다. 죄송합니다.
그 한마디, 끝내 못하는 내 모습이
부끄럽고 또 부끄러워서 벽에 기대
울고 말았습니다.

사과는 빠를수록 정직하고,
분노는 느릴수록 현명하다는 말은
머릿속에서만 맴을 돕니다.

미안합니다. 미안합니다.

방백(傍白)

봄 되면 흐드러져 헤픈 꽃, 벚꽃
가지마다 매달려 교태를 부리네.

그래, 바람이 불어야겠지.
흔들린 죄로 떨어뜨려야겠지.

목련, 벚나무들 사이에 한 그루
더없이 서러운 새벽, 꽃이 지네.

그래. 수많은 맺힘과 외침으로
울대가 부어오른 가지, 부러져라.

세상 사람들이 피고 진다해도
뿌리, 더 깊이 내리면 그만이다.

벤치 곁에서

어쩐 일로 무거운 하늘이 바다에 가라앉았다.
아무래도 하늘의 그리움이, 바다보다 컸던가 보다.
만날 수 없지만, 마주보고 닮아 가는 그들의 뜻,
이를 지켜보며 부식되어 가는 벤치, 비를 맞는다.

하늘이 온몸을 담그고, 바다는 비린 포옹을 한다.
먹구름이 바다에 갇혀 이리저리 급히 헤엄을 치고
바다는 울렁대는 찬 속을 어찌할 바 모르다, 끝내
뭍으로 파도를 토악질해대며 구름을 토해내고 만다.

ㄱ이 ㄴ에게

벚꽃

떨어져라. 떨어져야 한다. 떨어져야만 한다.
떨어질 건 떨어져야 한다.
그래야만 한다.
피어날 것이 피어나기 위해 떨어질 것들은
떨어져야만 한다.

기억하라. 나를 지우고 너를 기억하라.
봄날, 그토록 하얗게 내리던, 봄을 기억하라.
그래야만 한다.
흩날리던 기억들이 많아지면 질수록
멀어져만 간다.

바람이 지나간다. 지나간다. 또 지나간다.
비가 내린다. 어제처럼 비가 내린다.
그래야만 한다.
꽃이 지는 것은, 피어나기 위한 것임을
기억해야만 한다.

길고양이

맨드라미에 나비, 책갈피처럼 날개 접고 앉았다.
또 한 마리 나비가 재바른 날갯짓을 하며 주위를 돈다.

나비야, 나비야 이리 날아오너라.
부디 이리 날아오너라.

길고양이 한 마리의 세모난 귀도 노란 나비다.
지금 내 눈에는 온통 어두운 바다, 나비로 가득하다.

꼬리, 꼴이

보이는 짐승의 꼬리보다
보이지 않는 사람의 꼬리가 더 길다.

한 사람의 생애는 턱없이 모자라고
누군가는 명이 길어 지겨울 때도 있다.
한 공간에 머무르기 불편할 때가 있다.

보이는 짐승의 무리보다
보이지 않는 사람의 무리가 더 많다.

꿈, 젠장맞을

'커서 어떤 사람이 되고 싶은지 적으면 돼.'
장래희망을 적어내는 순간 내 꿈은 갇혀 버렸는지도 모른다.
어릴 적 꿈이 용암처럼 끓어오르지도 못한 채, 화석처럼 굳
어버렸지.
오랜 지층(地層)을 가르고 솟구치지도 못할,
내 꿈은 그렇게 사라져 버렸다.

어른들이 내게 꿈을 물어본 때문이라는, 억지가 신념이 되
어 버린 채
여태 아들에게, 너의 꿈이 무엇이냐고 물어 보지 못했지.
유치원에서 돌아온 녀석이 해맑게 웃으며 큰 소리로 외친다.
'아빠, 난 경찰이 될 거야. 그게 내 꿈이거든.'

꿈은 깨어나지 않아야 머무를 수 있다.

이루어 내기 위한 인내와 수고로운 시간들이 지나면 지날수록 현실로 다가서며 작아지는 꿈을, 기어이 만나게 될 것이며 마침내 그 꿈이 사라져 버리는 헛헛함조차 수없이 겪게 될 테지.

꿈은 완성해야 하는 과제가 아니라 뜨겁게 흘러가야 한다.

꽃

꽃이었습니다. 잎맥이 썩어 들어가 볼품없이 축 늘어뜨린 이 파리를 가진 그대는 나의 꽃이었습니다. 갈라진 화분 사이로 메마른 분토가 삐져나와 더욱 메마른 세상에 혈흔을 남기는 그대에게 화분을 옮겨 주기로 마음을 먹었습니다. 어떤 아픔에도 갈라지지 않을 화분을 빚고 어떤 가뭄에도 마르지 않을 그리움을 담아 그대의 잔뿌리에 얽힌 미련들을 툴툴 털어 옮겨 심었습니다. 비가 내렸습니다. 오랜 고통의 가뭄을 이겨내고 매일같이 그대를 바라보는 나만의 비가, 그대를 적실 때마다 그대는 낯선 해갈의 희열에, 온몸을 떨었지요.

ㄱ이 ㄴ에게

'난 어떤 비에도 젖어들지 않아. 오로지 당신의 꽃일 뿐이니'
그대는 매일같이 주문을 외웠습니다. 그랬습니다. 그대의 잎
에 생기가 돌고, 벌어진 꽃잎들이 힘을 모아 꽃봉오리가 되었
습니다. 그대는 처음부터 꽃이었으니까요. 나의 화분에 피어
난 그대는, 누가 보아도 아름다운 꽃이 되었습니다. 다만 그
대가 날마다 봉오리들을 피워낼 때마다, 점점 나는 외로워졌
습니다. 그대가 심겨진 화분에, 엉겅퀴처럼 흉한 나의 온 몸
을, 서서히 담고고 뿌리를 내리기 시작했습니다. 허나 나는
그대가 될 수 없었습니다. 처음부터 꽃이 아니었으니까요.

광화문, 선 채

저는 민주주의를 모릅니다.

저의 민주주의는, 모래바람 휘몰아치던 만주 벌판에서, 목
놓아 울부짖던 열사들의 고독한 외침에 잠들어버리고, 대가
리를 사막에 묻은 채 눈감은 낙타처럼 말라비틀어진 기억
속에 남아 있지요

발정난 돼지들의 입김처럼 뜨거운 오월의 열기에도 번득이는
살기에 온몸을 떨어대던 한기, 민주주의는 태양 아래 빛나
던 총칼 끝에 매달린 마른 젖가슴처럼, 잊히지 않는 아픔으
로 남아 있지요

100

마른 논바닥처럼 갈라진, 흙빛 입술 사이로 읊조리던 의사
들의 민주주의는 시간의 날에 찢어져 흩날리는 굴절된 교과
서처럼, 의미 없이 굳어만 가고 저의 민주주의는 겹겹이 지
층에 쌓여만 가지요.

여태 저는 민주주의를 모릅니다.

만장(挽章)

적당히 처먹어야 한다.
먹거리가 넘쳐나는 세상일수록,
정도껏 처먹어야 한다. 가려서 처먹어야 한다.
이것저것 다 처먹으니 그 모양이다.
무엇하나 가리질 않으니 이 모양이란 소리다.
시를 처먹어도 사람을 처먹으면 안 된다.

대가리가 모가지를 집어먹어 어깨만큼 커진 괴물
나이를 처먹는 것은 너의 뜻이 아닐지라도
처먹을 만큼 처먹었으면 그 값은 해야 사람이다.
나이는 나이대로 처먹고, 다른 것도 다 처먹고
이제는 주책만이 남은 괴물이 숨을 쉰다.
모가지를 비틀 시간이다.

그이 ㄴ에게

용기와 객기를 구분하지 못하는 용단(勇斷)
술 몇 잔에 버려질 순절(殉節)의 시인들이 무슨,
다부지게 자리한 문단의 제단(祭壇)에 헌시 한 편
입가에 말라붙은 희멀건 오수, 막걸리
건배! 경배! 건강을 기원합니다.
부디 한 결로 왜(倭)의 동심을 노래하라.

골목을 돌며

달빛조차 스며들지 않는 좁은 골목길
커다란 뱀이 똬리를 튼 것처럼 구불구불
흘러가는 골목길을 걸어 오릅니다.
고장난 가로등을 품은 그리움
떠나온 지 오래된 자궁의 기억처럼 점점
모호해지던 그리움을 기억해 보려
휘파람을 불어 봅니다.

바람이 골목길의 허기를 채우고
시간보다, 기억보다 더 멀리 지나갑니다.

아프게 했던 사람은 기억나지 않는데
아프게 했던 기억은 생각이 난다 했지요
심장은 그 사람을 용서하고 잊어 버렸는데
머릿속에 그 사람은 미웠나 봅니다.
별이 내려서지 않는 이 밤에
어둠조차 휘파람을 불어 댑니다.

푸른 새벽입니다.

머무르고 싶지 않은 설익은 땅

배려조차 잃어버린 구름, 달

섣부른 새벽입니다.

아무도 기다리지 않는

텅 빈 새벽

4부

타결(妥結)에 시비(是非)

좋은 게 좋은 거라고 합니다.
누구에게, 과연 누구에게 좋은 건지요?
당신에게 좋은 것이, 나에게도 좋은 건가요?
나에게 좋은 것이, 당신에게도, 맞나요?

좋은 게, 좋지 않을 수도 많지요.
우리에게 좋은 것이, 다른 이를 아프게 하고
다른 이에게 좋은 것이, 우리에겐 아닐 수도
그럴 수도 있겠지요.

좋은 게 좋은 게 아니라
옳은 것이 좋은 것이라는 마음, 그대로지요.

가방보다 못한

툭! 가방을 던졌습니다. 늘 들고 다니던 가방입니다.
끈이 낡아서 여기저기 해진 지도 오래지요.
언제 툭 끊어질지 모르는 가방을 들고 다닙니다.
성의 없이 던져진 탓에, 고개를 숙인 내 가방
그래도 소중한 가방입니다.

사람을 만났습니다. 상처만 주는 사람입니다.
가슴이 너무 아파 안 본 지도 오래지요.
언제 툭 끊어질지 모르는 인연입니다.
어제 그에게서 연락이 왔습니다.
버리고 싶은 사람입니다.

괜한 산책

나팔소리가 들린다. 내 귀에 들리는 그 거친 쇳소리
하릴없는 노인과 영문도 모르고 이리저리 이끌리는 개
뚜우 뚜 나팔소리에 녀석이 고개를 돌리니
놀란 노인이 목줄을 확 낚아채며 소리친다.

가만히 있어! 숨 막힌 녀석이 깽 외마디 소리를 치니
조용해! 또 소리친다.
나팔을 부는 이는 따로 있는데, 애꿎은 개만 나무란다.
내 목덜미를 슬쩍 더듬어 본다.
음, 아! 내 목에서 쇳소리가 난다.

ㄱ이 ㄴ에게

여자가 지나간다. 스카프를 두른 여자가 지나간다.

나팔의 아가리처럼 치마를 펄럭이며 지나간다.

아무 소리도 내지 않고 지나간다.

그리고 개가 지나간다.

선 하나를 그으며 노인이 지나간다.

너덜해진 어둠이 쇳소리에 걸음을 멈춘다.

제법 정정한 노인의 고함소리가 저만치에서 들린다.

조용해! 가만히 있어! 개새끼야!

가만히 있기로 한다. 입 다문 채. 나는

늦가을, 모기

곤충류, 파리목 따위 너희에게 두려움을 느끼는 것은, 두어 방울 수혈이 까닭이 아니다. 눈에 보이기 않기 때문이요, 미칠 것 같은 존재감 때문이다. 두 달 남짓 되는 수명보다, 한 번의 교미로 언제든 종족보존이 가능한 암컷의 수정낭(受精囊)은 그야말로 공포다. 매번 양산되지 않는 짝짓기에 혈안이 되어 있는, 사람의 수컷에 비하면 모기의 암컷은 효율적인 생식기를 가졌다.

ㄱ이 ㄴ에게

모기를 잡았다. 항문과 지느러미와 촉수가 짓이겨져, 벽지에 혈흔을 남겼다. 과한 물리적인 힘을 가한 이유는 살생에 필요한 힘의 양보다, 민첩하고 약삭빠른 녀석을 때려잡을, 다른 방법을 알지 못했기 때문이다. 실망스러운 일은 수컷을 잡았을 때다. 수혈될 피는 아니지마는 무고에 응징한 죄책감이 앞선 때문이다. 겨우 과즙이나 빨아대다 처참하게 사지가 터져버린 나처럼 못난 놈 같아서 말이다.

동무들이 다 떠나도, 구차하게 살아남는 철지난 모기의 몰염치는 더 싫다.

태극기

아파트 현관에 나와 담배를 물었다.
대덕산 자락의 한 봉우리가 늘 마주한다.
제법 안개도 품은 것이 산 같다.

국군의 날이다. 그래.

빛바랜 태극기, 가슴에 꽂아 두고
꽂이에 담배를 비벼 껐다.
더 이상 지질 곳도 없는
만신창이, 찬 가슴에 끌 수 없어
동그란 어둠속에 꽁초를 밀어 넣었다.

앳된 군인 하나가 멀리 보인다.
국군의 날에 휴가 나왔나보다. 그래.
태극기 새거 하나 장만해야겠다.

판결(判決)

수도 없이 내 가슴에 깡깡 못을 박아 대기에,
그의 가슴에, 망치를 박아 버리고 돌아 섰다.
내 가슴에 못 하나도 빼지 못한 채
그의 가슴에 망치를 박았다.
다시는 다른 사람에게, 못 박지 못하도록
못을 감출까 생각도 해 봤지만,
내 가슴에 박힌 못을 빼서, 다른 이에게
땅땅 박아 버릴 까봐,
그의 가슴에 망치를 박아 버렸다.
숨을 쉴 때마다, 못들이 오르골처럼 맑은,
꽤 슬프지만 소리를 낸다.
가슴이 쿵쿵 뛸 때마다 소리를 낸다.
그는 들을 수도, 느낄 수도 없을 테지.

날궂이

그래도 된다. 볼멘 하늘에 번쩍 구름을 갈라놓는 마당에 미친년이 괭이 배를 갈라 이장네 앞마당에 던져 놓은들, 무슨 대수라고 수근들 댄다. 이장 아들 덕수가 그년의 머리채를 싸잡은 채 질질 끌며 대문 밖으로 내동댕이친다.
내 서방 내놔라. 썩을 놈아! 번개를 쳐 맞아 뒈질 놈아! 악을 써대는 그년의 사타구니 아래로 고이는 핏줄기가 멀리서 보면 영판 붉고 고운 치마다.

그게 언젯적이여? 다들 알잖은가. 영철이가 바다로 지발로 뛰어드는 거 봤잖여? 아녀? 이장은 아직도 헐떡이는 괭이 붉은 창자가 튀어올라 제 목을 조를까 욕지거리를 해댄다. 저도 모르게 비린 살기에 코를 움켜쥔다. 내장들이 온 마당에 멸치 떼인 양 너부러진다.

ㄱ이 ㄴ에게

그러게. 시키는 대로 했으면 문제가 없었잖여? 까짓 놈이 뭔데 가당찮게 욕심을 내냔 말여. 죽어도 싸지. 좁은 갑판위로 팔딱이는 멸치 떼, 쏟아지는 빗줄기에 멸치 대신 영철이가 바다로 돌아갔다.

이놈, 덕수야. 알재? 내가 누구 때문에 던졌는지 알기는 하재? 이장이 다짐하듯 덕수에게 일러 보지만, 덕수는 안다. 미친년의 사내가 그물처럼 내 던져지던 그날 밤의 날궂이를 덕수는 안다. 열살배기 시근도 없는 덕수도 안다.

이장네 대문 밖에 퍼질러 앉은 미친년의 부른 배에 비가 내린다.
분노, 흐르는 핏물 위로 뽑힌 괭이 터럭이 노를 젓는다.

밥 먹자

밥은 먹었어?
이보다 따스한 말이 또 있을까

게으름에 끼니를 거를 때
툭하면 마른 목에 걸리는 빵,
그런 날들이 거듭될 때
내게 '밥 먹자'라고 해주면
참 고마울 것 같아

ㄱ이 ㄴ에게

'시간나면 밥 먹자'는 말은 싫어
시간은 내는 거지, 나는 거 아냐.
빵조차 못 먹을 것 같아.
마냥 기다리게 될까봐 싫어.
기다림은 지치게 해.

시간 내서 우리, 밥 먹자.
지금 갈게. 당신, 어디야?
기다리게 하지 않을게.

모정(母情)

크레인이 하늘을 찌른 채, 멈췄다.

씨발 좆나 씨발 아, 씨발
한국어로 욕하는 외국인 근로자
십일, 일주일이나 못 받았다. 씨발

한 달이나 지났을까.

다시 레미콘 차가 드나들면서
현장 내에 참집도 들어섰다.
외국인근로자가 사라졌고,
길 고양이가 늘었다.

그중 한 마리가 새끼를 뱄다.
잔반을 내놓던 식당 아줌마가
고양이가 늘어날 거라며
밥그릇들을 치웠다.

ㄱ이 ㄴ에게

새끼 밴 고양이도 사라졌다.
외국인들처럼, 그렇게 고양이들도
사라지고 말았다.

얼마나 지났을까.

골조공사가 마무리되어가던 어느 날
한치 앞도 볼 수 없이 쏟아지는 비
하수도관의 캄캄한 어둠 속에서도
어미 고양이의 두 눈, 꼬물대는 것들,

"그 년, 그래도 어미라고, 영물이네."

다음날부터 참집 앞에 낯선 그릇
대여섯 개가 새로 놓였다.

삼백구일, 사계절 다 보내고
-한진 중공업 철탑을 돌아보며-

그녀가 바라본 하늘은 어떠했을까
푸르른 하늘조차 검붉은 핏빛이리라

그들과 함께 한 약속들은 한 바 없고
거품처럼 처절한 우리끼리 약속만이
크레인에 건들건들 매달렸네.

차고 강한 무쇠조차 그녀의 손끝에
어우러져 맞붙는데 더운 피 나눠가진
한겨레는 이리도 힘겨울까

ㄱ이 ㄴ에게

사계절 다보내고 내려온 미소는
눈물처럼 서럽고 고단하게 번지는데
구속이란 배려는 누구의 생각인지

그녀의 왼쪽 손목에 그어진 은하수
내 이름은 공순이가 아니라 미경이다
그녀는 그 이름을 가슴에 새겼네.

마지막 여행

여행을 떠났지. 처음으로
일주일간의 여행을 떠나면서
속옷 일곱 벌과 수첩 세 권을 챙겼지.
그리고 돌아왔지.

두 번째 여행을 떠났지.
한 달간의 여행을 떠나면서
속옷 세 벌과 수첩 한 권을 챙겼지.
또 돌아왔지.

긴 여행을 떠나기로 했지.
얼마나 걸릴지 모르는 여행을 떠나면서
아무 것도 챙길 이유를 찾지 못했지.
돌아오지 않을 참이니까.

ㄱ이 ㄴ에게

묘약

굳이 좋은 약은 먹지 않아도
우리는 살아갈 수 있어

혹, 나쁜 약은 마시게 되면
죽을 수도 있는 거야.

좋은 말을 하건, 듣건
이미 넘치고 넘치는데, 뭘

나쁜 건, 정말 나쁜 건
내가 나쁜 약이 되는 건데
더럭 겁이 나는 거야.

이미 그대가 마셔 버렸을까
그게 무서운 거야.

양서(兩棲)의 변(辨)

가소로운 너의 외로움이 사뭇 끈적이는 밤이다.
소음으로부터 불요(不要)한 약속을 또 한다.
연화(蓮花)와 매번 약속을 한다.

"다시는 젖지 않을게. 널 두고 외롭지 않을게."

새벽, 한껏 잎을 펼쳐 이슬을 품어본다.
그녀가 할 수 있는 일은 그 뿐.

"비를 내려 주세요. 당신이 떠날 수 없게."

ㄱ이 ㄴ에게

한낮이 되면 마른 물갈퀴가 찢어지는 고통으로 넌,
그녀의 품에서 벗어나 못으로 뛰어들고 말았지.
한껏 자유로이 수초들과 맨살을 부대끼며 말이지
연뿌리 사이를 헤집고 다니며 되뇌곤 했지.

"넌 한 번도 물속으로 날 찾아오지 않았어!"

물속에 뿌리내린 그녀를 끝내 넌 알지 못했지.

창세기(創世記)

첫날, 그리하여 첫날이라고 하지.
그 분의 양 손이 빛과 어둠을 나누었지만,
빛 하루 어둠 하루가 아니라 함께였을 때
비로소 하루가 시작된 거야.

빛이 사라지면 그림자도 사라지겠지.
그림자에게 빛이 이유가 되듯
빛에게도 그림자는 희망이어야 하지
그래야 하루가 되는 거야.

희망이 있어야 그림자도 생기는 거지
지금 나를 등진, 때론 마주한 이 그림자들은
이를테면 모두 희망인 셈이지.

ㄱ이 ㄴ에게

위로

빛이 사라지면 그림자가 생기지 않지요.
희망이 있어야 절망도 생기는 거지요.

지금 나를 등진, 때론 마주한 이 그림자들은
이를테면 모두 희망인 셈이지요.

희망도 절망도 한때입니다

참외

더 없이 차오르는 거대의 욕구를 비집고 실핏줄이 터져 버렸다.
속에서 싸라기들이 단물에 이리저리 뒤적이며 영글어갈 때
농군들의 손은 마디마디 옹이 박혀 굳어만 간다.

"꿀맛이여. 이거 한번 잡숴봐."

오가는 차들을 불러 세우는 노모의 야윈 어깨 너머로 석양
혹여나 객 하나 잡으면 재바르게 배를 가르고 한 조각을 내
민다.

"안 사도 되니까 일단 잡숴봐."

ㄱ이 ㄴ에게

벌써부터, 녀석들을 담을 비닐봉지를 들고 서서 기다린다.
안 사도 되는 차는, 이미 떠나고 없는데, 멍하니 붉은 도로
를 본다.

어미 속을 아는지, 똥밭에서 제 몸에 이랑 갈라 세우며
고랑마다 이러저러 엷은 살색 걱정 줄을 긋는다.
밤마다 금싸라기 꿈을 꾸며 잠이 드는 참외.

유산(遺産)의 시(時)

아무리 발버둥 쳐봐라. 영원할 수 있는지.
단지 우리는 남길 수 있을 뿐이지.
우리가 떠난 후 남겨진 그 무엇이 다만
부끄러운 뭔가가 아니길 바랄 뿐이지.

이미 부끄러운 뭔가를 저질렀다면
뽐낼 뭔가에 보낼 시간이 있을 리가 없지.
부끄러운 뭔가를 희석시킬 반성의 성수(聖水)로
남은 삶을 보낼 시간만 남겨 둬야지.

무엇보다도 내게 무례했던 이에게 용서를
내가 무례했던 이들에게 용서를
해주고, 구할 시간만 남겨 둬야지.
적어도 그게 삶이니까.

ㄱ이 ㄴ에게

터벅머리

반만년, 그저 오천년도 아닌 굳이 반만년
그래, 속내야 어찌됐건 오랜 역사란 말이지.
그 긴 시간동안 이루어낸 것들이 눈부시단 소리지.
죽어도 만큼 높은 건물, 비행기, 배, 배, 배
바다로 건널 배가 세월에 가라앉았다.
용케 잘도 버틴 반만년, 앞으로 얼마나 버틸까.

반백년, 사금파리처럼 깨진 채 보낸 반백년
잘 살아왔다. 잘도 속여 가며 잘도 숨어 살았다.
어리하게 살아온 탓에 돌아볼 엄두도 나지 않는다.
거뭇한 수염, 머리카락도 제멋대로인 반백년이다.
바다로 가자. 그래 바다로 가야 한다.
심장에 닻을 내린 채 바다로 가자.

포경(捕鯨)의 노래

바다의 그림자는 하늘이다.
수많은 빗줄기처럼 작살들이 춤을 추고
그 중 수 개 등에 꽂은 채 하늘을 나는 범고래
구름에 번져가는 피, 검은 피. 비가 내린다.
몸을 뒤틀 때마다 비가 내린다.

바다에 비가 내린다. 검은 비가 내린다.
범고래 한 마리 두 마리가 고함을 칠 때마다
번쩍이는 번갯불, 천둥소리가 요란하다.
바다 위에는 사람의 고함소리가 요란하다.
소리칠 때마다 비가 내린다.

하늘에 구름, 범고래가 기운 다할 때까지
등줄기를 타고 살욕(殺慾)이 비어질 그날까지
구름 두어 마리 바다로 솟구치며 헤엄을 친다.
제 숨 다한 줄도 모르고 헤엄을 친다.
전설처럼 솟구치며 헤엄을 친다.

피델 카스트로*

그동안 난 무얼 듣고,
무얼 보고 살아 왔던 걸까.

이리도, 가치 귀한 세상에서
가치 하나 품었던 별 하나

오늘 지고 말았다.

---

* 피델 카스트로(Fidel Castro (Ruz), 1926.8.13~2016.11.25) : 쿠바의 정치가·혁명가.
  1959년 총리에 취임하고 1976년 국가평의회 의장직에 올랐다. 공산주의 이념 아래 49년
  간 쿠바를 통치하였다.

하늘 못

푸른 새벽입니다.
어제처럼 차갑고 서늘한 새벽,
오늘은 그런 새벽입니다.
사람의 하늘은 흐리고
땅위로 켜켜이 미련이, 그리움이
그리고 사랑이

푸른 새벽입니다.
머무르고 싶지 않은 설익은 땅
배려조차 잃어버린 구름, 달
섣부른 새벽입니다.
아무도 기다리지 않는
텅 빈 새벽

ㄱ이 ㄴ에게

푸른 새벽입니다.

노을이 붉게 차오르는 퀭한 눈

마른 모근(毛根)에 젖은 터럭

인자(仁者) 드문 수성(壽城)의 못 위로

비가 내립니다.

ㄱ이
ㄴ에게

초판 1쇄 2018년 08월 16일

지은이 김사윤
발행인 김재홍
디자인 이슬기, 이근택
마케팅 이연실

발행처 도서출판 지식공감
브랜드 문학공감
등록번호 제396-2012-000018호
주소 경기도 고양시 일산동구 견달산로225번길 112
전화 02-3141-2700
팩스 02-322-3089
홈페이지 www.bookdaum.com
이메일 bookon@daum.net

가격 10,000원
ISBN 979-11-5622-390-0 03810

CIP제어번호 CIP2018023161
이 도서의 국립중앙도서관 출판도서목록(CIP)은 서지정보유통지원시스템 홈페이지
(http://seoji.nl.go.kr)와 국가자료공동목록시스템(http://www.nl.go.kr/kolisnet)에서
이용하실 수 있습니다.

문학공감은 도서출판 지식공감의 인문교양 단행본 브랜드입니다.